ACADEMI ARCHARWYR

Dynion Gwirion o'r Gofod

Alan MacDonald
Darluniau Nigel Baines
Addasiad Luned Whelan

RILY

Academi Archarwyr 2:
Dynion Gwirion o'r Gofod

ISBN 978-1-84967-271-9

Cyhoeddwyd gan Rily Publications Ltd
Blwch Post 20,
Hengoed CF82 7YR

Addasiad gan Luned Whelan

Cyhoeddwyd gyntaf yn Saesneg ym Mhrydain
yn 2015 gan Bloomsbury Publishing Plc,
50 Bedford Square, Llundain WC1B 3DP, o dan y teitl
Superhero School: Alien Attack!

Argraffwyd a rhwymwyd ym Mhrydain
gan CPI Cox & Wyman Ltd, Reading, Berkshire, RG1 8EX

Cyhoeddwyd gyda chymorth ariannol
Cyngor Llyfrau Cymru.

www.rily.co.uk

DYMA
ARCHARWYR
YSGOL Y NERTHOL ...

FFEIL-O-FFAITH

CRWTYN CRYF (sef Siôn)

PWERAU ARBENNIG: Clustiau cryf sy'n synhwyro perygl

HOFF ARF: Tidliwincs

CRYFDERAU: Goroesi er gwaetha popeth

GWENDIDAU: Poeni o hyd

ARCH-SGÔR: 53

FFION FFRISBI (sef Ffion)

PWERAU ARBENNIG: Taro'r targed

HOFF ARF: Ffrisbi, WRTH GWRS

CRYFDERAU: Trefnus, y bòs

GWENDIDAU: Gweler uchod

ARCH-SGÔR: 56

BARI BRÊNS (sef Bari)

PWERAU ARBENNIG: Ymennydd anhygoel

HOFF ARF: Cwestiynau cwis

CRYFERDAU: Ym . . .

GWENDIDAU: Casáu ymladd

ARCH-SGÔR: 41.3

PWDIN, Y CI RHYFEDDOL

PWERAU ARBENNIG: Arogli pethau neis

HOFF ARF: Llyfu a glafoerio

CRYFERDAU: Ffyddlondeb

GWENDIDAU: Fel clwtyn llawr mawr

ARCH-SGÔR: 2

O DYWYLLWCH PELL Y GOFOD, MAE LLONG OFOD YN HYRDDIO TUA'R DDAEAR . . .

Y DDAEAR
1,000,000,000 KM

AR EI BWRDD . . .
BLIP!
Helô 'na, fi yw CAPTEN CADERNID
AAAAAAAAAAAAAAAAA!

Oes angen achub eich gwallt? Gel TWTIO yw'r ateb!
GWAL
TWTIO
WWW!!
CAPTEN CA-CA!!

Pennod 1

Gwm Swigod Bionig

Yn y cyfamser, 'nôl ar y Ddaear, roedd archarwyr dan hyfforddiant Ysgol y Nerthol ar wibdaith gyffrous gyda'u prifathrawes.

'Wel, dyma ni –

Cynhadledd Flynyddol Edmygwyr yr Archarwyr,'

meddai Miss Marblen, a'u harwain i'r neuadd anferth, brysur. 'Mi fydd pob un o archarwyr y blaned, bron, yn yr adeilad yma'n rhywle.'

EIL 10
CYNHADLEDD FLYNYDDOL EDMYGWYR ARCHARWYR
EIL 11
PANTS ARCHARWYR
COMICS ARCHARWYR GWYCH

Edrychodd Siôn o'i gwmpas. Roedd nifer o bobl mewn gwisgoedd archarwyr, felly roedd yn anodd gwybod pwy oedd pwy. Roedd e wedi bod yn edrych ymlaen at y trip hwn ers wythnosau. Roedd stondinau'n gwerthu llyfrau, posteri, clogynnau, masgiau, lluniau wedi'u llofnodi a modrwyon marwol am £1.99.

Cododd focs oddi ar stondin gyfagos a darllen y label.

'Hei, edrych ar hwn,' meddai wrth Ffion.

'Bionig?' meddai Ffion. 'Sa i'n credu, rywsut.'

'Wyt ti'n prynu hwnna neu beidio?' holodd y stondinwr, oedd yn gwisgo penwisg oedd yn fflachio.

'Faint yw e?' gofynnodd Siôn.

'Punt naw deg pump.'

'Am becyn o gwm swigod?' wfftiodd Ffion.

'Gwm bionig yw e, bach,' meddai'r dyn. 'Edrych ar y label.'

Talodd Siôn am y gwm. Roedd ganddo arian dros ben, ac roedd yn cadw hwnna i brynu llyfr newydd Capten Cadernid: **CADARN O'R CRUD!** Roedd Siôn wedi edmygu'r Capten erioed, ac yn ysu am gael cwrdd ag e.

A nawr, roedd e'n ddisgybl yn Ysgol y Nerthol, yn hyfforddi i fod yn un o archarwyr y dyfodol. Ers eu diwrnod cyntaf yn yr ysgol, roedd e, Bari, Ffion a Pwdin, y ci rhyfeddol, wedi bod yn ffrindiau pennaf. Nhw oedd **y Dewrion**, y criw o archarwyr gorau yn eu dosbarth (a'r unig griw).

Pwyntiodd Siôn at lun mawr o archarwr a'i ddwrn fry yn yr awyr.

'**Waw!** Mae e yma,' ebychodd. 'Capten Cadernid!'

Yn ôl yr arwydd, byddai ei arwr yn llofnodi llyfrau yn y neuadd fawr am ddau o'r gloch. 'Well i ni fynd, 'te,' meddai Ffion. 'Dewch!'

Edrychodd Bari o'i gwmpas yn bryderus. 'Ym . . . ble mae'r tai bach?'

Cerddodd y criw heibio i resi o stondinau i gyrraedd y neuadd fawr. Ni allai Siôn gredu ei lygaid.

'Beth ar y ddaear . . .?' cwynodd. Roedd y ciw yn nadreddu ddwywaith rownd y neuadd ac yn ôl ar hyd y cyntedd.

'Byddwn ni'n aros am *oriau* i gwrdd ag e,' cwynodd Ffion.

'Ond Capten Cadernid yw e,' atebodd Siôn.

'Sori, ond mae'n *rhaid* i fi fynd i'r tŷ bach,' meddai Bari gan hercian yn ei unfan.

'Brysia, 'te,' atebodd Ffion. 'Yn y ciw fyddwn ni.'

APTEN CADERNID
MAE E YMA!
ELLA
GAPO-O-O!

Wrth i Bari redeg nerth ei draed, rhwbiodd Siôn ei glust. 'Ti wrthi eto,' meddai Ffion.

'Yn gwneud beth?'

'Rhwbio dy glustiau, fel arfer.'

'Mae'n rhaid i fi. Maen nhw'n cosi.'

Byth ers oedd Siôn yn fachgen bach, byddai ei glustiau'n cosi pan fyddai rhywbeth drwg ar fin digwydd. Weithiau, roedd yn golygu bod sbrowts i swper, ond dro arall roedd rhywbeth gwaeth i ddod.

Chwarddodd Ffion. 'Mae'r lle yma'n llawn dop o archarwyr. Beth yn y byd allai fynd o'i le?' meddai.

*

Yn y cyfamser, roedd Bari wedi dod o hyd i'r tai bach. Daeth allan o'r ciwbicl a mynd at y sinc i olchi ei ddwylo.

Yn sydyn, ysgydwodd y lle fel petai eliffant newydd eistedd i lawr, a llanwyd yr ystafell â golau llachar, gwyn. Caeodd Bari ei lygaid mewn ofn. Ai daeargryn oedd e? Beth oedd yn digwydd? Ymhen tipyn, tawelodd y cyfan. Aeth Bari at y ffenest ac edrych allan ar y maes parcio, oedd i'w weld yn gwbl normal – ceir, peiriant tocynnau, bysiau . . . . a llong ofod wedi'i pharcio ger postyn lamp.

LLONG OFOD?

TALU YMA

O ble yn enw Pod ddaeth honna? meddyliodd Bari. Roedd yn hanner disgwyl gweld ceir heddlu'n cyrraedd a'u goleuadau'n fflachio. Dim byd. Tybed a ddylai nôl athro, neu swyddog parcio?

Ond pwy fyddai'n credu'r fath beth? Llong ofod yn y maes parcio!

Ta beth, roedd Bari wedi bod eisiau gweld soser hedegog erioed, a dyma'i gyfle wedi dod.

Safodd ar sedd un o'r tai bach, straffaglu at sil y ffenest a gwthio'i gorff drwyddi. Stemiai'r llong ofod yn y gwres. Roedd yn anferthol. Mentrodd Bari'n nes ati.

Yn sydyn, agorodd un o ddrysau'r llong. Dowciodd Bari'r tu ôl i gar a gweld dau greadur rhyfedd yn camu allan. *Dynion o'r gofod*! Gwyddai Bari hyn am fod eu crwyn yn wyrdd, a doedd dim dillad yn cuddio'r lliw chwaith. Roedd eu pennau'n grwn fel melonau ac roedd ganddynt sugnwyr stecslyd yn lle dwylo a thraed. Llithrodd y ddau i lawr y ramp â sŵn gwlyb fel pysgodyn yn taro wal.

Edrychodd y dynion o'r gofod o'u cwmpas a gweld poster enfawr ac arno lun o Capten Cadernid yn hyrwyddo Gel Gwallt Twtio. Syllon nhw arno, gan barablu mewn lleisiau rhyfedd, gwichlyd. Doedd Bari ddim yn deall gair, oedd yn fawr o syndod gan nad oedd yn rhugl mewn Gofodeg.

Cewch WALLT GWYCH fel CAPTEN CADERNID gyda GEL GWALLT TWTIO
GEL GWALLT TWTIo
WWW! CAPTEN CA-CA
NAW!
YEG!
FFLD PIFFDDREWSYN
PWY TI'N ALW'N BIFFDDREWSYN?

Cododd Bari ei ben dros foned y car i geisio dyfalu beth oedd yn digwydd. Byddai Siôn a Ffion wedi bod wrth eu bodd o weld hyn. Estroniaid o blaned arall! Fyddai neb yn ei gredu. Oni bai . . .

Cydiodd Bari yn ei ffôn symudol newydd. Tair neges oedd arno, a'r rheini oddi wrth ei fam, ond roedd camera arno hefyd. Symudodd yn nes er mwyn tynnu llun.

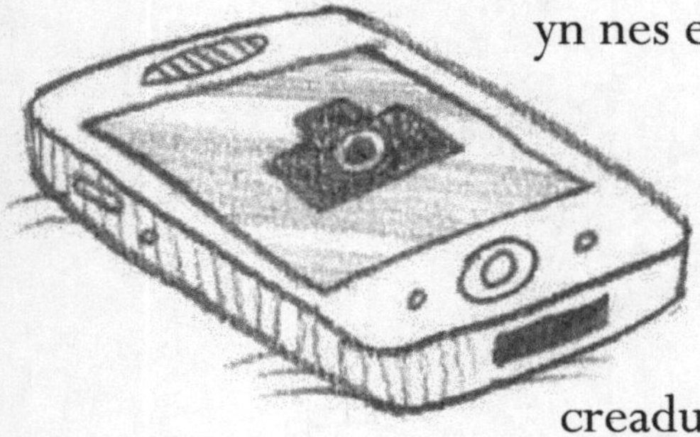

Stelciodd heibio i res o geir nes y gallai weld i fyw llygaid gwyrdd y creaduriaid. Cododd ei ben yn araf a dal y ffôn hyd braich i ffwrdd. Crynai ei fys wrth iddo wasgu'r botwm . . .

O’r mawredd! Roedd e wedi anghofio am sŵn clic y camera. Trodd naw llygad gwyrdd ar wib a syllu arno.

'DAEAROLYW!' hisiodd y tri. Gwyddai Bari nad oedd pwynt trio dianc rhag ofn iddyn nhw ei saethu, fel mewn ffilmiau. Efallai eu bod yn gyfeillgar. Ildiodd Bari, gan godi ei ddwylo uwch ei ben.

'Mae popeth yn iawn!' meddai. 'Dwi ddim am eich brifo chi. Dwi'n, ym . . . ffrind i chi.'

Roedd yn anodd gwybod a oedd y dieithriaid yn deall.

'Capten Ca-ca?' gofynnodd yr un lleiaf gan bwyntio at Bari.

'Naw, twp-twp. Fe blobyb.'

Estynnodd Bari ei ffôn iddyn nhw.

'Dim ond tynnu llun o'n i,' eglurodd. 'Chi'n deall? Llun. Edrychwch.'

Slefriodd y dynion o'r gofod tuag ato gan slwtsian yn llysnafeddog. Tybed a oedden nhw am dynnu hunlun i fynd adre at eu ffrindiau?

Doedd Bari ddim yn siŵr sut i'w cyfarch, felly gwenodd, nodio'i ben a moesymgrymu'r un pryd. Saethodd tafod hir, gwyrdd ac afiach o stecslyd o geg un ohonyn nhw a glynu at dalcen Bari.

Yr eiliad nesa, roedd yn hedfan drwy'r awyr, yna glaniodd ar y llwybr a chael ei lusgo at ramp y llong ofod.

''Rhoswch! Gawn ni siarad am hyn . . . ?' ymbiliodd wrth weld drws y llong ofod yn agor o'i flaen.

Hisiodd y drws ynghau a chafodd Bari ei hun mewn tywyllwch dudew. Gobeithiai mai dyma oedd ffordd yr estroniaid o groesawu rhywun i swper.

Pennod 2

Ble mae Bari?

Roedd Siôn, Ffion a Pwdin yn aros i fynd ar y bws. Ar ôl gwastraffu oriau'n ciwio i gwrdd â Capten Cadernid, cawson nhw wybod bod pob copi o'r llyfr wedi'i werthu a bod eu harwr wedi mynd i wneud cyfweliad teledu.

Cyfrodd Miss Marblen y plant wrth iddyn nhw ddringo ar y bws.

'Dau ddeg pump, dau ddeg chwech, dau ddeg saith . . . Mae rhywun ar goll,' meddai. 'Pwy sy ddim yma? Cwyd dy law!'

Cododd Tanc ei law. 'Dwi ddim yma, Miss,' meddai.

'Paid â bod yn dwp, Tanc,' meddai Miss Marblen. 'Mae hyn yn fater difrifol. Pwy sy heb gyrraedd?'

'Bari, dwi'n credu, Miss,' meddai Siôn. 'Gollon ni fe gynne.'

'Sut llwyddoch chi i'w golli e?' holodd y brifathrawes.

'Wel, aeth e i'r tŷ bach a ddaeth e ddim 'nôl,' eglurodd Siôn.

Doedd e ddim yn deall sut gallai rhywun fynd ar goll ar y ffordd i'r tŷ bach, ond un fel 'na oedd Bari. Roedd ei ben mor llawn brêns nes bod dim lle ynddo i synnwyr cyffredin.

Roedd mam Bari hyd yn oed wedi sgwennu 'chwith' a 'dde' ar wadnau ei sgidiau i arbed iddo'u rhoi ar y traed anghywir.

Rhwbiodd Siôn ei glust. Roedd yn cosi eto, i'w rybuddio bod rhywbeth o'i le. Beth pe bai Bari wedi mynd i drafferth drwy'i gloi ei hun yn y ciwbicl a'i fod e'n sownd yno? Neidiodd Pwdin, y ci rhyfeddol, ar ben sedd a dechrau cyfarth yn wyllt.

''Co fe!' gwaeddodd Ffion gan bwyntio.

Rhuthrodd pawb at y ffenest. Roedd Bari'n cerdded i'r cyfeiriad arall ar hyd yr heol.

Neu yn hytrach, roedd yn cerdded *YNG NGHANOL* yr heol. Bibiai'r gyrwyr eu cyrn a gwyro i'w osgoi wrth iddo grwydro drwy'r traffig fel petai'n cerdded yn ei gwsg.

SGREEEEEEEEECH!
CRASH!
TA-BŴŴŴM!

‘BARI! Dere ’nôl yr eiliad hon!’ gwaeddodd Miss Marblen o ddrws y bws. Safodd Bari’n stond a throi ei ben. Trodd at y bws a cherdded ar draws dwy lôn o draffig.

Cafodd bryd o dafod gan Miss Marblen am ddiogelwch ar y ffordd. Fel arfer, os oedd yn cael stŵr, byddai Bari’n cochi at ei glustiau, ond heddiw syllai’n fud ar y brifathrawes fel pe na bai’n deall gair roedd hi’n ei ddweud. Yn y diwedd, anfonodd Miss Marblen e i’w sedd.

Bu bron i Bari gerddded yn syth heibio i Siôn, ond cydiodd hwnnw yn ei fraich.

'Hei, Brêns, dwi wedi cadw sedd i ti,' meddai Siôn.

Craffodd Bari arno drwy ei sbectol grwn. 'Sedd?' holodd.

'Ie, sedd, y twpsyn. 'Stedda,' meddai Siôn.

Roedd Miss Marblen yn aros yn ddiamynedd i Bari eistedd. Tynnodd Siôn ei ffrind i'r sedd wrth ei ochr.

'Sut yr wyt ti-ti?' gofynnodd Bari gan estyn ei law at Siôn.

'Beth?'

'Fi Bari, bachyn cwrdd â ti,' meddai Bari.

'Am beth wyt ti'n sôn?' ochneidiodd Siôn. 'Lle *fuest* ti, ta beth?'

'Lle fuest tin?' gofynnodd Bari.

'Yn aros amdanot TI,' atebodd Siôn. 'Ro'n ni'n dechrau becso.'

Dechreuodd y bws symud. Syllodd Bari ar y ceir drwy'r ffenest, yn gwneud sŵn bibian yn dawel o dan ei wynt. Gwthiodd Ffion ei phen rhwng y ddwy sedd.

'Be sy'n bod arno fe?' sibrydodd.

'Paid â gofyn i fi – mae ei frêns e wedi berwi,' atebodd Siôn. 'Falle ei fod wedi cael cnoc ar ei ben neu rywbeth.'

Wrth i Bari bibian ar y ceir, estynnodd Siôn am y pecyn gwm swigod a brynodd y bore hwnnw. Ceisiodd ddyfalu beth oedd mor arbennig am gwm swigod bionig, ond doedd dim gwybodaeth ar y pecyn heblaw'r rhybudd i beidio â'i fwyta dan do. Oedd y bws 'dan do'? pendronodd Siôn. Doedd Miss Marblen ddim yn edrych i'w gyfeiriad, felly agorodd y pecyn. Roedd pedwar darn o gwm mewn ffoil y tu mewn.

'Gwm bionig?' cynigiodd i'r lleill yn dawel.

'Dim diolch,' meddai Ffion. 'Mae'n siŵr 'da fi ei fod yn blasu o swigod sebon.'

Chafodd Siôn ddim cyfle i brofi hyn, gan i Bari gipio'r pecyn o'i law.

Cyn i Siôn allu
gwneud dim,
stwffiodd Bari
ddau ddarn o'r
gwm swigod
i'w geg.

'Hei!'
gwaeddodd Siôn.
'Paid â bwyta'r papur!'

'Swm gwigod,'
meddai Bari a thynnu
ei dafod, oedd yn
las llachar erbyn
hyn.

'Gwm
bionig yw e,'
meddai Siôn.
'Rhaid i ti
ei gnoi e.'

'GWIGOD, SWM GWIGOD,'
atebodd Bari, yn cnoi'n ffyrnig.

'Gwastraff arian llwyr,' wfftiodd Ffion. 'Wela i ddim un swigen.'

'Dyw e ddim yn ei wneud yn iawn,' meddai Siôn. 'Tria chwythu, Bari. Fel hyn.' Ffurfiodd siâp 'O' â'i geg i ddangos iddo. Gwnaeth Bari'r un peth.

Pwffiodd swigen fach las rhwng ei wefusau a byrstio, gan wneud iddo neidio.

'Ara deg,' meddai Siôn. 'Paid â brysio.'

Y tro hwn, fe lwyddodd Bari a thyfodd swigen o flaen eu llygaid. Chwyddodd i faint pêl dennis, a dal i dyfu. Cyn hir, roedd y swigen yn edrych fel balŵn glas anferth. Roedd wyneb Bari'n cochi ac roedd ei sbectol yn stêm i gyd.

'Anhygoel!' meddai Siôn. 'Wedes i mai gwm bionig oedd e!'

Roedd Ffion yn cadw llygad ar Miss Marblen. Doedd dim hawl bwyta losin ar y bws.

'Ti sy'n iawn, ond dwed wrtho am stopio nawr,' sibrydodd wrth Siôn.

Doedd Bari ddim yn gwrando. Daliai'r swigen i dyfu'n frawychus o gyflym. Roedd y plant eraill wedi sylwi, ac yn troi i syllu arni.

'Dyna ddigon, Bari,' meddai Siôn. 'Neu fe awn ni i drwbwl.'

Ond doedd y gwm ddim wedi gorffen chwyddo. Roedd y swigen yn dechrau codi, a Bari'n mynd gyda hi, yn hofran uwchben ei sedd.

'Glou, Siôn, cydia ynddo,' hisiodd Ffion.

Roedd yn rhy hwyr i Siôn wneud dim. Cyn hir, roedd Bari'n sownd wrth nenfwd y bws, fel gofodwr heb ddisgyrchiant. Ac roedd y swigen yn dal i dyfu. Doedd gan Siôn ddim syniad sut byddai Bari'n dod i lawr, ond yn sydyn …

BANG!

Chwalodd y swigen, ac roedd wyneb syn Bari'n blastar o slwtsh stecslyd. Syrthiodd oddi ar y nenfwd a glanio ar ben ei ffrindiau, yn gwlwm o goesau a breichiau.

Pan edrychodd Siôn i fyny, roedd Miss Marblen yno, yn edrych yn ddig iawn.

‘Wel, wir!’ dwrdiodd. ‘Dwi wedi dweud o’r blaen nad ydych chi’n cael cnoi gwm ar y bws. Dyna wers i ti, Bari.’

Dringodd Bari oddi ar Ffion a thynnu clobyn o slwtsh glas o’i wallt.

‘Swm gwigod,’ meddai, a’i roi’n ôl yn ei geg. Roedd Siôn a Ffion yn dechrau poeni nawr. Roedd Bari’n ymddwyn mor rhyfedd.

Roedd crwydro i ganol y traffig yn beth digon od, ond roedd yn siarad dwli hefyd, heb sôn am fynd yn sownd wrth nenfwd y bws.

'Wyt ti'n ocê, Bari?' holodd Siôn.

'Chocê,' atebodd Bari. 'Capten Ca-ca.' Gwasgodd ei wyneb yn erbyn y ffenest.

Curodd Miss Marblen ei dwylo i dynnu sylw'r disgyblion.

'Tra bod pawb yma, hoffwn i'ch atgoffa am un neu ddau o bethau,' meddai. 'Fel rydych chi'n gwybod, dydd Gwener yma, byddwch chi'n sefyll eich Arwyr.'

Edrychodd pawb yn hurt arni.

'Eich **ARWYR**,' meddai Miss Marblen. 'Eich **ARHOLIADAU BLWYDDYN GYNTAF**.'

'Pa arholiadau?' holodd Siôn ar ran gweddill y dosbarth. Dim ond ers tri thymor roedden nhw wedi bod yn Ysgol y Nerthol, a doedd neb wedi sôn gair am arholiadau.

Gwgodd Miss Marblen a thynnu ei sbectol.

'Chawsoch chi ddim llythyr am hyn?' holodd. 'Naddo? Wel, beth bynnag, mae pob disgybl yn sefyll arholiadau Arwyr yn eu blwyddyn gyntaf. Rhaid i chi lwyddo os ydych chi am aros yn Ysgol y Nerthol.'

Arholiadau? Corddodd stumog Siôn. Roedd e'n anobeithiol am arholiadau. Roedd hi'n ddydd Llun nawr, felly doedd dim llawer o amser ganddyn nhw i baratoi at ddydd Gwener!

Ond roedd e'n deall nad ysgol gyffredin oedd Ysgol y Nerthol. Doedd dim dal beth fyddai yn yr arholiad – tablau lluosi neu ymladd robotau marwol, falle.

Pan aeth Siôn am ei gyfweliad yn yr ysgol, gofynnodd Miss Marblen iddo redeg i mewn i wal friciau. Pwy wyddai beth fyddai'n rhaid iddo'i wneud yn yr ARWYR?

Cododd Ffion ei llaw.

'Pa fath o arholiadau fyddan nhw, Miss?' gofynnodd. 'Fydd rhaid ateb cwestiynau?'

'Hm, ie, cwestiynau,' meddai Miss Marblen, braidd yn niwlog. 'Ond peidiwch â phoeni. Dwi'n siŵr y bydd y rhan fwyaf ohonoch chi'n llwyddo. A bydd prawf ymarferol i weld sut mae'ch pwerau arbennig yn datblygu. A sôn am hynny, dewch â'ch helmedau caled fory. Bydd Mr Brân yn eich dysgu ben bore.'

Llyncodd Siôn ei boer. Roedd pob math o straeon am Mr Brân yn frith drwy'r ysgol. Roedd gan rai pobl bob ffydd ynddo, ac eraill yn awgrymu ei fod yn hanner call a dwl. Ond roedd pawb yn gwybod beth oedd pwnc Mr Brân: hedfan.

PAID Â BOD YN DDA
BYDD YN WYC
EIDDO
YSGOL Y NERTHOL
Llawlyfr
Canllaw
Archarwyr
Popeth sydd angen i chi ei
wybod er mwyn achub y byd.

3

ARHOLIADAU

Ai dyma'r gair mwyaf brawychus mewn unrhyw iaith drwy'r byd?

Byddai'n well gan y rhan fwyaf o archarwyr fwyta'r cwyr o'u clustiau na sefyll arholiad.

Ffaith: I lwyddo mewn arholiad, bydd angen un o'r rhain arnoch chi:

a) Brêns

b) Lwc

c) Cyfrwystra

Os, fel fi, nad oes gennych chi a) na b), c) yw'r ffordd orau i chi.

DULLIAU ARWROL O LWYDDO MEWN ARHOLIAD

1. GOLWG PELYDR-X

Os oes golwg pelydr-X gennych, fyddwch chi byth yn cael trafferth ateb y cwestiynau.

2. TEITHIO DRWY AMSER

Gosodwch eich dyfais teithio drwy amser i'r dyfodol agos pan fydd y papurau'n cael eu casglu. Copïwch yr atebion a dychwelyd i'r presennol i sefyll yr arholiad. Hawdd!

3. DARLLEN MEDDYLIAU

Darllenwch feddwl y nyrd diflas sy'n eistedd nesa atoch chi.

Nodyn: os yw e'n meddwl am siocled, fydd hyn ddim yn effeithiol iawn.

4. ARCHANADL

Os aiff hi i'r pen arnoch chi, gallwch chi wastad ddymchwel y pentwr papurau arholiad. Mae'n ddigon hawdd codi un rhywun clyfar.

Yn olaf, cofiwch fod llwyddo yn yr arholiad yn weddol hawdd. Poeni am yr arholiad ymarferol fydd yn eich cadw'n effro gyda'r nos.

Pennod 3

Gwersi hedfan

Roedd Mr Brân yn gwisgo clogyn hir, du, menig lledr a phâr o gogls hedfan hynafol am ei ben. Rhwbiodd ei ddwylo gyda'i gilydd.

'Gwych!' meddai. 'Awyr ddigon clir, awel ysgafn, hawdd gweld – diwrnod da i hedfan.'

Sbeciodd Siôn ar yr awyr, oedd yn llwyd a chymylog fel arfer.

Ceisiodd ddyfalu faint o law fyddai ei angen er mwyn i'r wers gael ei chanslo.

Y gwir amdani oedd ei fod wedi bod yn ofni'r foment hon ers i Miss Marblen ddweud wrthyn nhw am eu gwers hedfan gyntaf. Roedd pawb yn sefyll ar y lawnt ar bwys y pwll nofio awyr agored, oedd yn hen fel pechod. Roedd yn wag, ac roedd craciau hir yn y llawr sment, a chwyn yn tyfu rhyngddyn nhw.

'Felly,' meddai Mr Brân. 'Dwylo i fyny, pwy sy wedi bod eisiau hedfan erioed?'

Saethodd llaw pawb i fyny, yn cynnwys un Siôn, oedd yn amau y byddai e wedi dod o hyd i ffordd o hedfan erbyn nawr tase hi'n bosib. Roedd e wedi treulio oriau'n neidio oddi ar ei wely heb hedfan am eiliad, na hofran, hyd yn oed. A dweud y gwir, roedd meddwl am neidio oddi ar do uchel yn gwneud iddo deimlo'n sâl.

'Fyddwch chi ddim yn meistroli'r grefft o hedfan mewn gwers neu ddwy, wrth gwrs,' meddai Mr Brân. 'Mae angen dewrder, sgìl a ffydd yn yr hyn sy'n amhosib. Felly mae angen magu hyder drwy ymarfer.'

Cododd Siôn ei law. 'Ond, syr, beth os nad ydyn ni wedi hedfan o'r blaen?' holodd.

Rhochiodd yr athro. 'Siŵr iawn nad ydych chi wedi hedfan o'r blaen. Dyma pam ry'n ni yma!'

'Ie, ond beth os ydyn ni'n, ym . . . methu?' gofynnodd Siôn.

'*Methu*?! Ydych chi'n credu bod archarwyr dewr wedi llwyddo drwy ddweud "*Dwi'n methu*"?' arthiodd yr athro.

'Wel, na,' mwmialodd Siôn.

'*Na* – ac os na rowch chi gynnig arni, fyddwch chi byth yn gwybod, na fyddwch?' mynnodd Mr Brân.

Ysgydwodd Siôn ei ben a gobeithio byddai'r athro'n troi ei sylw at rywun arall.

Roedd gweddill y dosbarth yn edrych yr un mor nerfus ag e. Roedd Ffion yn mwytho pen Pwdin mor ffyrnig nes bron iddi dreulio twll ynddo. Roedd ymennydd bach Tanc yn trio meddwl am ffordd o osgoi'r cyfan. Roedd Tirion Elias yn gwneud clymau yn ei hances boced. Dim ond Bari oedd yn syllu i'r awyr ac yn talu dim sylw o gwbl.

'Pwy all ddweud wrtha i beth yw rheol gyntaf hedfan?' gofynnodd Mr Brân.

'Ym . . . peidiwch edrych i lawr?' awgrymodd Ffion.

'NA, rheol gyntaf hedfan yw "llacio'ch gafael",' meddai'r athro. 'Llacio'ch gafael yn eich ofnau a'ch rhesymeg a dychmygu eich bod mor ysgafn â phluen yn arnofio ar yr awel.'

Gwnaeth Siôn ei orau, ond yn ei ddychymyg, roedd e'n syrthio fel carreg bob tro. Roedd ei glustiau wedi dechrau cosi hefyd, gan ei wneud yn fwy nerfus byth.

'Gan mai'ch gwers gyntaf yw hon, fe ddechreuwn ni â rhywbeth hawdd,' meddai Mr Brân. 'Neidio oddi ar y bwrdd plymio *uchel*.'

Edrychodd Siôn i fyny. Oedd yr athro'n gall? 'Ond syr, does dim dŵr yn y pwll,' cwynodd.

'Cywir!' meddai Mr Brân. 'Ond y bwriad yw i chi hedfan, nid plymio i'r dŵr. Er mwyn i chi deimlo'n well, caiff rhai ohonoch chi sefyll yn y gwaelod i ddal y lleill.'

Gofynnodd Mr Brân am wirfoddolwyr a saethodd llaw Tanc i fyny. Aeth e a dau o'r lleill i mewn i'r pwll yn dal blanced i'r plant lanio arni wrth iddyn nhw blymio tua'r llawr.

Cilwenodd ar Siôn, yn hapus o fod wedi osgoi'r bwrdd plymio uchel.

Roedd yn rhaid i bawb arall sefyll mewn rhes wrth droed yr ysgol. Bu tipyn o strach wrth i bawb geisio osgoi bod ar flaen y rhes.

Gwthiwyd Siôn tua'r blaen, a dim ond Tirion Elias oedd o'i flaen e nawr. Syllodd ar y tair rhes o risiau metel oedd yn arwain at y bwrdd plymio uchel. Roedd ei glustiau'n fflamgoch erbyn hyn.

'Ydy hi ddim yn rhy beryglus, syr?' holodd Tirion yn grynedig.

'Jiw, jiw, na!' atebodd Mr Brân. 'Dwi wedi bod yn dysgu hedfan ers blynyddoedd a does neb wedi marw hyd yn hyn. Ymlaciwch! Llaciwch eich gafael! Mwynhewch!'

Trodd Siôn a dal llygad Ffion. O'r holl bethau gwallgof roedden nhw wedi gorfod eu gwneud yn Ysgol y Nerthol,

plymio i waelod pwll nofio heb ddŵr ynddo oedd y gwaethaf o dipyn. Byddai wedi bod wrth ei fodd o gael sgidiau roced neu glogyn parasiwt a fyddai'n agor a'i gludo i'r llawr.

Yn ara deg, dringodd y grisiau ar ôl Tirion, oedd yn crynu fel deilen. Atseiniai pob cam ar y grisiau metel.

Ar ôl cyrraedd y top, cafodd Siôn ei wynt

ato, ac edrych i lawr. Camgymeriad! Roedd y ddaear yn llawer rhy bell odano. Cafodd y bendro, a chydiodd yn y rheilen i'w sadio'i hun.

'Pwy sy gynta, 'te?' galwodd Mr Brân. 'Dewch yn eich blaen!'

Llyncodd Tirion a simsanu ar hyd y bwrdd plymio. Yn sydyn, trodd ar ei sawdl, clapio'i law dros ei geg a rhuthro heibio i Siôn.

Daeth sŵn rhywun yn chwydu o uchder mawr. Ysgydwodd Mr Brân ei ben a throi ei sylw at Siôn.

'PWY SY NESA?' bloeddiodd. 'Llaciwch eich gafael! Dychmygwch mai eryr mawreddog ydych chi!'

Teimlai Siôn yn debycach i ddryw bach. Cofiodd pam roedd ofn uchder arno – mae'n beth peryglus. Rhoddodd blaen ei droed ar y bwrdd plymio a'i glywed yn gwichian o dan ei bwysau. Yn bell odano, gallai weld Tanc a'r lleill yn dal blanced a edrychai'n llai na hances boced.

Beth os na alla i hedfan? Beth os na ddalian nhw fi? meddyliodd Siôn. Yr eiliad honno, dechreuodd y bwrdd ysgwyd a chrynu o ddifri. Gwelodd Siôn fod Bari'r tu ôl iddo, yn bownsio lan a lawr fel cangarŵ gwallgof.

'Bari, PAID!' gwaeddodd Siôn. Roedd yn cael trafferth aros ar ei draed.

'BOING! BOING!' canodd Bari.

'Na, dim boing, boing,' meddai Siôn. 'Mi fyddwn ni'n . . . NAAAAAA!'

Rhy hwyr! Llithrodd oddi ar y bwrdd a syrthio tin dros ben tua'r ddaear.

'Llacia dy afael! HEDFANA!' gwaeddodd Mr Brân. Fflapiodd Siôn ei freichiau. Clywodd y gwynt yn rhuo wrth i'r llawr ddod yn nes ato ar ras. Yn sydyn, glaniodd ar rywbeth mawr, meddal . . .

Tanc oedd e, diolch byth, oedd wedi bod yn dal y flanced.

'Cwyd, y twmffat!' arthiodd Tanc. Cododd Siôn ar ei draed, yn falch o weld nad oedd Tanc wedi brifo. Cystal ei fod mor solet, wir.

'BARI!' Gan Ffion daeth y sgrech.

Edrychodd Siôn i fyny a gweld Bari'n simsanu ar ymyl y bwrdd plymio. Roedd yn bownsio ar flaenau ei draed, a'i freichiau ar led fel petai e am wneud trosben dwbl. Â neb yn dal y flanced, byddai'n splatio fel tomato wrth lanio.

'Bari, aros!' galwodd Siôn, ond yn ofer.

Edrychodd Bari i fyny i'r awyr fel petai'n disgwyl am rywbeth, ac yna plymio drwy'r awyr tuag atyn nhw.

SŴŴŴŴŴM!

Gwyliodd Siôn yn syfrdan wrth i Bari hedfan dros eu pennau fel jet. Gwnaeth ffigwr wyth bach twt a glanio'n ddiffwdan wrth ymyl y pwll nofio. Gwnaeth i'r cyfan edrych mor syml â chrafu ei ben-ôl.

'Hei! Roedd hwnna'n wych!' galwodd Siôn.

Nodiodd Bari. 'Capten Ca-ca,' meddai, mewn llais siomedig.

Rhedodd gweddill y plant draw ato ar ruthr i'w longyfarch.

'Gwych! Arbennig!' pwffiodd Mr Brân pan gyrhaeddodd, a'i wynt yn ei ddwrn. 'Ro'n i'n gwybod y byddai rhywun yn hedfan yn hwyr neu'n hwyrach!'

Edrychodd Siôn arno'n syn. 'Dyna'r tro cyntaf mae rhywun wedi hedfan go iawn?' holodd.

'Wel, ie! Mae tro cynta i bopeth,' gwenodd Mr Brân fel gât. 'Pwy sy eisiau rhoi cynnig arni nesa?'

YN Y CYFAMSER, YM MHEN ARALL Y DRE...
CHWWWWWWSH!

PLIP!
Mmmm! Mmmmm! Mmmm!

CAPTEN CA-CA ???
Bari ydw i! Sa i'n nabod y Capten!

PIFFDDREWSYN!
Mmmm! Mmmm! Mmmmm!
Felly os mai hwn ydy'r Bari go iawn, pwy ydy'r Bari sy yn yr ysgol gyda Siôn a Ffion?

Pennod 4

Haint yr arholiadau

Yn Ysgol y Nerthol, aeth yr wythnos heibio ar wib, a dosbarth hedfan Mr Brân yn torri ar draws y gwersi arferol. Daeth yr athro â thrampolîn i'r dosbarth, ond ar wahân i Bari, methiant oedd yr ymdrech i gael y lleill i hedfan.

Hedfanodd Bari ddim eto chwaith, er bod Siôn a Ffion yn dod o hyd iddo'n aml yn sefyllian ger ffenest ar y trydydd llawr. Unwaith, dringodd i ben y bloc chwaraeon. Roedd e fel petai'n disgwyl am rywun neu rywbeth.

Daeth dydd Gwener – diwrnod yr arholiadau – yn llawer rhy sydyn. Eisteddai'r Dewrion yn yr hen lyfrgell yn ceisio adolygu.

'Faint o'r gloch yw hi?' gofynnodd Siôn.

'Tair munud ers i ti ofyn ddwetha,' ochneidiodd Ffion. ''Stedda'n llonydd, wnei di!

Dyw Pwdin ddim yn nerfus.'

'Ci yw e!' meddai Siôn. 'Does dim rhaid iddo sefyll arholiadau.'

'Dwi'n siŵr bydd popeth yn iawn,' meddai Ffion.

'Ond beth os nad yw e?' gofidiodd Siôn. 'Beth os na alla i ateb yr un cwestiwn ar y papur arholiad?'

Fuodd Siôn erioed yn un am arholiadau. Un tro, cafodd minws dau mewn prawf.

Pan aeth i Ysgol y Nerthol, roedd e'n mawr obeithio y byddai hynny'n ddiwedd ar sefyll arholiadau ond, yn amlwg, allai hyd yn oed archarwyr ddim â'u hosgoi nhw. Y peth gwaethaf oedd y byddai methu'n golygu gorfod gadael yr ysgol. Byddai breuddwyd Siôn o fod yn archarwr wedi'i chwalu. Byddai'n rhaid iddo ddychwelyd ei glogyn a byw fel Siôn Botwm unwaith eto. Dim rhagor o'r **CRWTYN CRYF** – a dim anturiaethau gyda'r Dewrion.

Bwyta cinio ysgol fyddai'r peth mwyaf peryglus byddai'n ei wneud wedyn.

Porai Ffion drwy eu gwerslyfr, *Llawlyfr Canllaw i Archarwyr*. Roedd adran cwestiynau ateb amlddewis yn y cefn.

'Iawn, gofyn rhywbeth i fi,' meddai Siôn.

'Pam na alli di eistedd yn llonydd?' gofynnodd Ffion.

'Na, cwestiwn prawf.'

'Iawn – beth mae pob archdroseddwr ei eisiau?' holodd Ffion.

a) bod yn boblogaidd

b) teyrnasu dros y byd

c) hufen iâ am ddim, am byth

'Hawdd – teyrnasu dros y byd,' atebodd Siôn. Gobeithio byddai gweddill y cwestiynau'r un mor rhwydd.

'Cywir,' meddai Ffion. 'Ti'n gweld, mae'n haws nag wyt ti'n feddwl. Ti nesa, Bari. Enwa dri pheth galli di ei wneud â phâr o deits.'

Roedd Bari'n ceisio tynnu darn o bapur oedd yn sownd wrth flaenau ei fysedd.

'Bari! Wyt ti'n gwrando?' holodd Ffion.

Edrychodd Bari arni â golwg bell ar ei wyneb.

'Capten Ca-ca,' mwmialodd.

Rholiodd Ffion ei llygaid. Byth ers gwibdaith yr ysgol ddechrau'r wythnos, roedd wedi bod yn amhosib cael gair call o ben Bari. Roedd mewn breuddwyd fel arfer, yn siarad â'i hun neu'n syllu i'r awyr. Gan amlaf, byddai'n dweud yr enw **'Capten Ca-ca'** drosodd a throsodd ac yn agor drysau cypyrddau i weld a oedd rhywun yn cuddio tu mewn.

Gwyliodd Ffion wrth iddo fynd i sefyll wrth ffenest y llyfrgell. 'Mae e wedi bod yn ymddwyn yn od, on'd yw e?' ochneidiodd hi.

'Yn fwy nag arfer?' meddai Siôn.

'Ydi! Mae e fel tase fe yn ei fyd bach ei hunan,' atebodd Ffion.

Nodiodd Siôn. Un digon od fu Bari erioed – roedd e'n gwybod yr ateb i gwestiynau nad oedd Siôn yn gwybod oedd yn bodoli, hyd yn oed. Ond yn ddiweddar, roedd e fel dieithryn iddyn nhw. Hedfan, er enghraifft. Sut wnaeth e hynny?

'Falle mai'r arholiadau sy ar fai,' awgrymodd Siôn. 'Maen nhw'n gwneud pethau rhyfedd i bobl.'

Ysgydwodd Ffion ei phen. 'Ddechreuodd e cyn hynny,' meddai. 'Ti'n cofio **Cynhadledd Edmygwyr yr Archarwyr?** Fe ddiflannodd e, wedyn troi lan yn crwydro yng nghanol yr heol!'

'Shh!' sibrydodd Siôn. 'Bydd e'n dy glywed di.'

'Sa i'n credu bydd e,' meddai Ffion. 'A beth am yr arholiadau? Os na fydd e'n siapo, galle fe fethu.'

'Dere mlaen,' wfftiodd Siôn. 'Fe sy â'r brêns mwya yn y dosbarth.'

'Ife?' holodd Ffion. 'Edrych arno.'

Roedd trwyn Bari wedi'i wasgu yn erbyn y ffenest, ac am ryw reswm roedd yn llyfu'r gwydr.

Yn sydyn, ebychodd a tharo'r ffenest â'i ddwylo.

Roedd bws rhif 9 yn mynd heibio i'r ysgol. Ar ei ochr, roedd poster o wyneb Capten Cadernid a'r slogan: **GEL GWALLT TWTiO – i ARWYR.**

'Capten Ca-ca!' bloeddiodd Bari, gan bwyntio at y bws.

Rholiodd Siôn ei lygaid. 'Dere mlaen, hysbyseb yw hi,' meddai. 'Dere i eistedd.'

Ond anwybyddodd Bari e. Pwysodd yn erbyn y ffenest a chwarae â'r ddolen. Agorodd yn sydyn, gan godi Bari oddi ar ei draed a mas drwy'r ffenest â fflip.

Rhuthrodd pawb ato. Yn ffodus, roedd y llyfrgell ar y llawr cyntaf, felly roedd Bari'n iawn. Ond fe gododd yn syth a rhedeg ar ôl y bws.

‘I ble wyt ti’n mynd?’ galwodd Siôn. ‘Dere ’nôl!’

Ond dal i redeg wnaeth Bari. Cyfarthodd Pwdin, oedd yn meddwl fod hon yn gêm dda.

‘Dere,’ meddai Ffion. ‘Ar ei ôl e!’

‘NAWR?’ ebychodd Siôn. ‘Beth am yr arholiadau?’

‘Os awn ni nawr, byddwn ni ’nôl mewn pryd,’ atebodd Ffion, ac edrych ar ei horiawr.

Cwta hanner awr oedd ganddyn nhw. Neidiodd Siôn dros sil y ffenest. Tasen nhw'n llwyddo yn yr arholiadau, efallai bydden nhw'n cael eu diarddel am ddianc o'r ysgol. Byddai'n blingo Bari petai'n cael ei fachau arno.

Pennod 5

Paid ag edrych i lawr

Rhedodd Siôn a Ffion ar ôl Bari. Roedd e'n mynd yn hynod o chwim, ac yn gweld neb gan fod ei lygaid wedi'u hoelio ar y bws, a dim byd arall. Beth oedd Bari am ei wneud tase fe'n dal y bws? meddyliodd Siôn. Pam yr obsesiwn â Capten Cadernid? Doedd e ddim wedi sôn amdano erioed o'r blaen. Nawr roedd gweld ei lun ar fws yn ddigon i yrru Bari o'i gof.

O'r diwedd, aeth y bws o'r golwg rownd cornel. Plygodd Siôn i gael ei wynt ato.

Roedden nhw mewn sgwâr agored, braf yng nghanol y dre. Roedd plant yn chwarae ar bwys ffynnon a phobl ar y meinciau yn mwynhau haul y prynhawn. Ni allai Siôn weld Bari yn unman. 'Anobeithiol,' meddai, gan ysgwyd ei ben. Byddai angen iddyn nhw fynd 'nôl i'r ysgol ar ras er mwyn dechrau'r arholiad yn brydlon. Byddai'n dda ganddo gyfnewid cryfder ei glustiau coslyd am y gallu i deithio mor gyflym â goleuni yr eiliad honno. Ar y gair, cosodd ei glustiau.

Pwyntiodd Ffion at fwrdd poster enfawr ym mhen pella'r sgwâr. Roedd Bari'n dringo i fyny'r ochr fel gwiwer. Faint rhagor o bethau syfrdanol allai eu gwneud?

LLYFR CAPTEN CADERNID!
AR GAEL NAWR

'Beth nawr?' cwynodd Siôn.

'Bari! Dere lawr! Gallet ti gwympo!' gwaeddodd Ffion.

Roedd y bwrdd poster yr un maint â sgrin sinema, ond roedd Bari wedi cyrraedd y top. Tynnodd ei hun i fyny ac eistedd yno, a choes bob ochr i'r bwrdd. Roedd torf wedi dechrau ymgasglu. Edrychai pobl yn amheus ar Siôn, Ffion a Pwdin hefyd, achos roedden nhw'n gwisgo eu clogynnau a'u gwisgoedd archarwyr.

'Ife parti gwisg ffansi yw hwn?' holodd un hen fenyw.

'PAiD Â SYMUD, BARi – Ni'N DOD!' gwaeddodd Ffion.

'Ydyn ni?' gofynnodd Siôn.

'Wrth gwrs! Allwn ni ddim â'i adael e fan 'na, atebodd Ffion. 'Os gall Bari gyrraedd y top, gallwn ni hefyd.'

Edrychodd Siôn ar y bwrdd poster anferth. Ar ôl ei brofiad â'r bwrdd plymio, byddai'n well ganddo gadw'i draed ar y llawr.

'Sa i'n lico uchder,' meddai. 'Cer di.'

'FI?' ebychodd Ffion.

'Ie – ti sy moyn ei achub e.'

Doedd Siôn ddim yn gallu gweld ffordd hawdd o ddringo lan y bwrdd, ta beth. Byddai angen rhaff neu ysgol arno, neu'n well fyth, breichiau hir fel

Y DYN RWBER.

Rhoddodd Ffion ei phen yn ei dwylo.

Fel petai eistedd ar ben bwrdd poster enfawr ddim yn ddigon peryglus i Bari, roedd yn edrych fel petai'n ymarfer cerdded rhaff. Cododd ar ei draed yn bwyllog a'i freichiau'n chwifio'n araf.

'Y twpsyn! Gallai e gael ei ladd,' llefodd Ffion. 'Gwna rywbeth!'

Gwaeddodd Siôn rhwng ei ddwylo.

'BYDD YN OFALUS, BARI!'

'"Bydd yn ofalus"?' gwawdiodd Ffion. 'Ife dyna'r cyfan?'

'Mae'n gyngor da,' meddai Siôn. 'Dyna mae Mam yn ei ddweud wrtha i o hyd.'

Ond doedd Bari ddim yn gwrando. Roedd yn sefyll ag un droed ar y bwrdd poster a'r llall yn crynu wrth ei ochr. Allai Siôn ddim edrych. Simsanodd Bari am eiliad, fflapio'i freichiau'n wyllt, yna gwegiodd – a syrthio.

Sgrechiodd y dorf. Gobeithiai Siôn fod Bari'n cofio ei fod yn gallu hedfan. Ond doedd dim angen iddo boeni, achos mwya sydyn, saethodd fflach sgarlad drwy'r awyr a chydio yn Bari.

'CO TI!
Ife aderyn yw e?
Ife awyren yw e?
Waw! Dyna wallt hyfryd!

'Capten Cadernid!' sibrydodd Ffion wrth i'r archarwr lanio'n dwt wrth eu hymyl.

Welodd Siôn ddim o ble daeth e, ond roedd yn edrych yr un fath yn union ag oedd e ar y teledu: ysgwyddau praff, gên sgwâr a gwallt perffaith.

'Cadwch draw, bobl!' gorchmynnodd. 'Gadewch i'r crwt gael ei wynt ato.'

Rhoddodd Bari ar ei draed yn ofalus.

'Capten Ca-ca!' mwmialodd Bari'n freuddwydiol.

'Ie, wir, grwt, rwyt ti'n saff nawr, felly galli di lacio dy afael.'

Ond cydiodd Bari'n dynnach ynddo. Ar ôl aros mor hir, doedd e ddim yn mynd i ollwng ei afael ar Capten Cadernid nawr.

'Hm, oes rhywun yn nabod y bachgen 'ma?' holodd y Capten.

'Ni,' meddai Siôn, a chamu ymlaen. 'Mae e'n ffrind i ni.'

‘Ry’n ni’n archarwyr hefyd,’ meddai Ffion.

Edrychodd Capten Cadernid arnyn nhw’n syn. ‘Wir? Ry’ch chi braidd yn ifanc.’

‘Hyfforddi ry’n ni,’ eglurodd Siôn. ‘Ry’n ni’n mynd i Ysgol y Nerthol, lle mae archarwyr y dyfodol yn dysgu eu sgiliau.’

‘Paid â dweud!’ Roedd Capten Cadernid yn eu llygadu’n amheus erbyn hyn. Efallai fod hyn am fod Pwdin yn gwisgo clogyn glas; wedi’r cyfan, nid bob dydd rydych chi’n gweld ci yn gwisgo’r fath beth.

Ysgydwodd Capten Cadernid law Siôn yn gadarn. ‘Braf cwrdd â chi, blant,’ meddai. ‘Mae’n well i fi fynd. Daliwch ati.’

Gwgodd ar Bari, oedd yn crogi am ei wddf fel sgarff.

‘Gad i fi fynd nawr, grwt,’ meddai.

‘Capten Ca-ca,’ meddai Bari.

Ni wyddai Siôn sut, ond yr eiliad nesa, roedd y ddau ohonyn nhw wedi codi i’r awyr.

Am funud, roedd Siôn yn credu mai Capten Cadernid oedd yn cario Bari, ond fel arall oedd hi. Roedd braich Bari am wddf y Capten, ac roedd yn ei lusgo drwy'r awyr.

‘Hei! Beth yn enw Pod . . .?’ tagodd Capten Cadernid.

Gwyliodd Siôn yn gegrwth wrth i’r ddau wibio heibio i adeilad a diflannu o’r golwg.

‘Beth oedd *hwnna*?’ gofynnodd Siôn.

‘Sa i’n siŵr,’ atebodd Ffion. ‘Welais i Bari’n herwgipio Capten Cadernid?

Gwgodd Siôn. ‘Dyna welais i hefyd.’

‘Ond pam fyddai e’n gwneud rhywbeth felly?’ holodd Ffion.

Doedd gan Siôn ddim syniad, ond gwyddai’n bendant bod rhywbeth mawr o’i le ar Bari. Edrychodd ar ei oriawr.

‘Yr arholiad!’ ebychodd. ‘Mae’n dechrau mewn pum munud!’

Ysgydwodd Ffion ei phen. ‘Dyna ni, ’te,’ meddai.

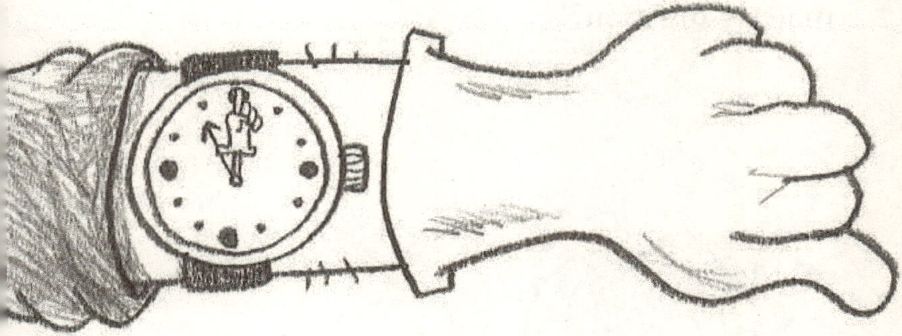

‘Wyt ti’n gall? Os na lwyddwn ni yn ein Harwyr, cawn ni gic-owt. Bydd hi ar ben arnon ni!’ udodd Siôn.

‘Ond mentro sy raid,’ meddai Ffion. ‘Beth yw prif ddyletswydd archarwr?’

Rholiodd Siôn ei lygaid. ‘Paid â gofyn i fi! Cwestiwn prawf yw e?’

‘Nage. Ein prif ddyletswydd yw helpu pobl sy mewn perygl,’ atebodd Ffion. ‘Ac mae angen ein help ni ar Bari, neu Capten Cadernid – neu’r ddau. Mae rhywbeth mawr o’i le. Sut mae dy glustiau?’

'Ar dân,' cyfaddefodd Siôn.

'Ro'n i'n amau,' meddai Ffion. 'Dere, mae'n rhaid i ni ddod o hyd iddyn nhw cyn ei bod yn rhy hwyr.'

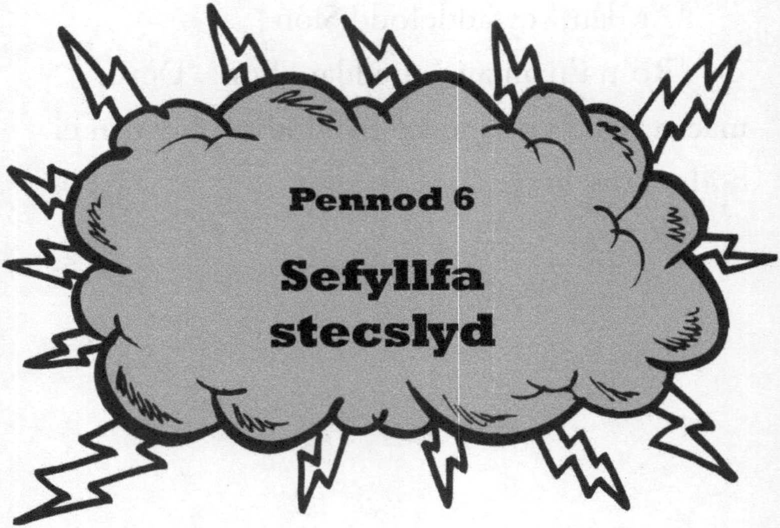

Pennod 6

Sefyllfa stecslyd

'Pam fasen nhw'n dod i fan hyn?' gofynnodd Siôn.

Roedden nhw wedi cyrraedd y ganolfan hamdden lle cynhaliwyd Cynhadledd Edmygwyr yr Archarwyr rai dyddiau yn ôl. Pwdin oedd wedi'u harwain yno, a Ffion yn taeru ei fod yn dilyn y trywydd iawn. Ond doedd dim golwg o neb. Dim ond un neu ddau o geir oedd yn y maes parcio, rhes o finiau olwyn a llong ofod arian yn hofran uwchben y llawr.

Syllodd Siôn ar y llong wrth iddi lanio'n llyfn ar y llwybr graean. 'Ydw i'n gweld pethau?' holodd.

'Wel nid fan byrgyrs yw e, saff i ti!' meddai Ffion.

'Falle mai llong ffug yw hi.' Ond doedd hi ddim yn edrych felly. Codai stêm oddi ar y to crwn fel petai newydd gael ei olchi. Chwinciai goleuadau bach, a deuai sŵn hymian o'r tu mewn.

'Be nesa?' sibrydodd Siôn. 'Cnocio ar y drws?'

'**HISHT!** Mae rhywun yn dod,' hisiodd Ffion. Cuddiodd y ddau tu ôl i'r biniau olwyn, a gweld dau berson yn croesi'r maes parcio. Bari oedd un, ac roedd yn gafael ym mraich Capten Cadernid.

'Dwi ddim cweit yn deall beth – **PANTS A THRÔNS!**' gwaeddodd y Capten wrth weld y llong ofod am y tro cyntaf.

Agorodd drws yn ochr y llong â sŵn hisian, a gollyngwyd ramp. Daeth pedwar creadur rhyfedd allan o'r llong ofod a llithro i lawr y ramp. Roedd eu crwyn yn wyrdd, roedd ganddyn nhw dri llygad yr un a phennau siâp bylb golau. Roedden nhw hefyd yn hollol noethlymun.

'Dynion o'r gofod!' ebychodd Siôn. Roedd ei glustiau'n dweud wrtho am ddianc, ond roedd yn rhy hwyr. Cyfarthodd Pwdin mewn braw a chuddio y tu ôl i Ffion.

Heidiodd y creaduriaid estron o amgylch Capten Cadernid, a chyffwrdd â'i ddillad.

'AAAAA! Capten Ca-ca!' gwaeddodd y criw.

Nodiodd eu harwr a rhedeg ei law drwy ei wallt golau, hyfryd. Roedd wedi arfer â'r fath ymateb gan ei edmygwyr.

'Shwmae, bois?' meddai. 'Dwi'n hoffi'r gwisgoedd. Rhyw fath o ddigwyddiad elusennol yw hwn, ife?'

'Capten Ca-ca!' preblodd un o'r criw, a rhoi bys yn llygad y Capten.

'AW! Ie, fi yw e,' meddai Cadernid. 'Alla i eich helpu chi?'

Estynnodd yr arweinydd un o'i sugnwyr stecslyd tuag ato. Gwnaeth y lleill yr un fath.

'Enw,' meddai un dyn gwyrdd. **'Capten Ca-ca.'**

'Wel, Capten *Cadernid* yw fy enw i,' meddai'r archarwr.

'Gwenu enw. Gwenu!' Gwnaeth y dyn gwyrdd symudiad ysgrifennu ag un o'i sugnwyr.

'Aa! Moyn llofnod y'ch chi!' Roedd Capten Cadernid yn deall nawr. 'Dim problem. Oes beiro 'da chi?'

Gwyliodd Siôn a Ffion mewn dryswch wrth i'r archarwr lofnodi dwsin a mwy o sugnwyr y dynion o'r gofod – a llofnodi pen un ohonyn nhw. Roedd Capten Cadernid yn amlwg yn credu mai edmygwyr mewn gwisgoedd ffansi gwyrdd, doniol oedd y criw.

Ar ôl iddo orffen, dangosodd y creaduriaid y llofnodion wrth ei gilydd, gan breblan yn gyffrous.

'Wel, mae'n grêt cwrdd â chi i gyd,' meddai Capten Cadernid. 'Dwi wrth fy modd

Capten Cadernid

â holl fusnes y masgiau a'r llong ofod. Ond mae'n bryd i fi ei heglu hi nawr.'

'HEGLWHI?' gofynnodd yr arweinydd.

'Ie – mae gen i bobl i'w hachub, gel gwallt i'w hyrwyddo . . .' gwenodd Capten Cadernid. Ni wenodd y creaduriaid arno, er ei bod yn anodd gwybod hynny i sicrwydd am mai dim ond eu llygaid oedd yn symud.

'Hwyl, wela i chi!' Cododd Cadernid fraich uwch ei ben a llamu i'r awyr – neu dyna fyddai wedi'i wneud pe na bai sugnwr stecslyd wedi cydio yn ei bigwrn fel iorwg a'i dynnu 'nôl i'r llawr.

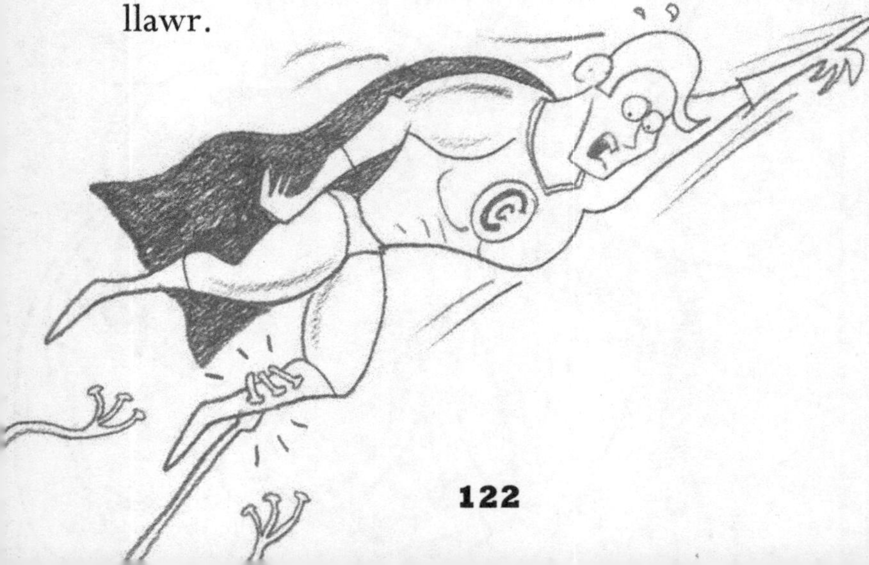

‘Hei, ’na ddigon!’ protestiodd Capten Cadernid wrth iddo gael ei lusgo tuag at y llong ofod.

‘O na! Ddylen ni wneud rhywbeth?’ sibrydodd Ffion.

Edrychodd Siôn arni. ‘Capten Cadernid yw e. Mewn munud, bydd e’n dianc ac yn rhoi crasfa i’r cwbl lot – ’

Arhoson nhw i Capten Cadernid ddangos ei nerth arwrol, ond roedd e'n rhy brysur yn gweddi nerth esgyrn ei ben.

'HEEEEEELP! PLIIIIS!' bloeddiodd.

Ar orchymyn yr arweinydd, caeodd drws y llong.

Trodd Ffion at Siôn a chodi ei haeliau. 'Rhoi crasfa . . . ?'

PAID Â BOD YN DDA
BYDD YN WYC
EIDDO
YSGOL Y NERTHOL
Llawlyfr Canllaw Archarwyr
Popeth sydd angen i chi ei wybod er mwyn achub y byd.

4

DYNION O'R GOFOD

Yn hwyr neu'n hwyrach, mae pawb yn dod ar draws dynion o'r gofod. Os ydych wedi rhoi eich bryd ar fod yn archarwr, bydd rhaid i chi dderbyn y byddwch yn wynebu gelynion o bob lliw a llun. Y gyfrinach yw deall gyda phwy – neu beth – rydych chi'n delio. Yr un yw uchelgais pob uwchdroseddwr: teyrnasu dros y byd.

Mae dynion o'r gofod yn gymhleth, a dydyn nhw ddim yn sgwrsio'n boléit cyn eich difa. Byddwch yn effro – maen nhw'n dda iawn am guddio'u hunain er mwyn eich twyllo chi.

Y peth gorau i'w wneud os ydych chi'n amau mai dyn o'r gofod rydych chi'n delio ag e yw ei AROGLI. Ydy e'n arogli fel ...

a) chwys
b) creision caws a winwns (nionod)
c) dim byd

Os mai c) yw'r ateb, fwy na thebyg mai DYN O'R GOFOD yw e. Fel arall, mae annwyd gennych a dylech chwythu'ch trwyn, nid snwffian pobl.

Pennod 7

Dwbwl y trwbwl

Cyrcydodd Siôn a Ffion y tu ôl i'r biniau olwyn, yn ceisio dyfeisio cynllun cyfrwys. Oedd hi'n rhy hwyr? Tase'r llong ofod yn hedfan i ffwrdd, fydden nhw byth yn gweld Bari eto – na Capten Cadernid, chwaith. Tra oedden nhw'n trafod, agorodd drws y llong ofod eto a syrthiodd dau ffigwr yn glewt ar y ramp. Roedden nhw'n reslo.

Neidiodd Ffion ar ei thraed. 'Bari yw e!' ebychodd.

‘Pa un? Bari ydy’r ddau!’ meddai Siôn.

Syllon nhw’n syn wrth i’r ddau Bari ymladd ei gilydd. Roedd eu gwalltiau brown, eu coesau byr a’u sbectolau trwchus yn union yr un fath. Ond roedd un Bari’n llawer gwell am ymladd na’r llall. Taflodd ei wrthwynebydd i’r llawr a neidio arno.

'Paid â sefyll fan'na fel delw – helpa fe!' gwaeddodd Ffion.

'Pa un?' Roedd Siôn wedi drysu.

Roedd yn amhosib dweud – a doedden nhw ddim eisiau achub yr un anghywir.

'Bydd Pwdin yn gwybod!' meddai Ffion yn sydyn. 'Mae cŵn yn nabod pobl drwy eu harogli.'

Trodd at Pwdin, oedd yn edrych arni'n eiddgar.

'Pwd-pwds, ble mae Bari? Ar ei ôl e, 'na gi da!' gwaeddodd Ffion gan bwyntio at y ddau Bari.

Cyfarthodd Pwdin a gwibio ar draws y maes parcio. Erbyn hyn, roedd y Bari cryfach yn eistedd ar ben y llall ac yn tynnu clustiau'r llall yn gas.

Llyfodd Pwdin y Bari oedd ar y llawr.

'Ie, Bari yw hwnna,' meddai Ffion. 'Dere!'

Rhedodd y ddau draw a thynnu'r Bari ffug oddi ar yr un go iawn. Cydiodd Siôn a Ffion mewn bob o law a thaflu'r Bari ffug tuag at y biniau olwyn, lle claddwyd e dan bentwr o sbwriel wrth i'r rheiny syrthio ar ei ben.

Penliniodd y Bari go iawn, yn fyr ei wynt.

'Fuoch chi'n hir yn cyrraedd,' cwynodd, yn rhwbio'i glustiau tost.

'Sut o'n ni i fod i wybod bod eisiau help arnot ti?' gofynnodd Ffion. 'Ro'n ni'n meddwl mai FE oeddet TI.'

Pwyntiodd at y creadur sigledig oedd yn eistedd mewn sbwriel a chroen banana am ei ben.

'Dyn o'r gofod yw e, er mwyn popeth,' meddai Bari. 'Mae e'n llawer, llawer hyllach na fi!'

''Sdim ots am hynny nawr,' meddai Siôn. 'Mae Capten Cadernid yn gaeth o hyd!'

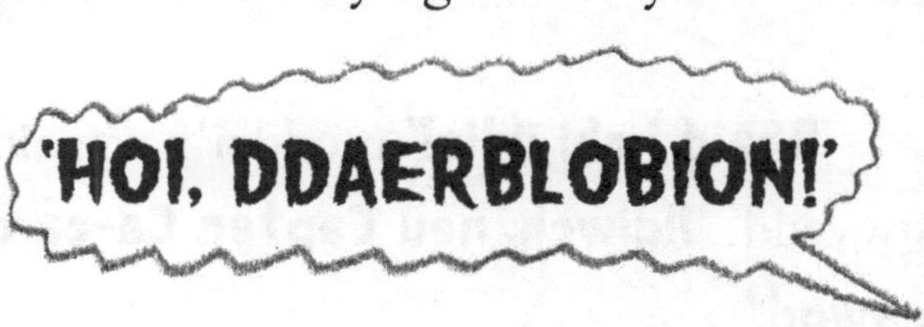

Trodd pawb a gweld arweinydd y dynion o'r gofod yn sefyll yn y drws, a'i griw o'i gwmpas. Safai Capten Cadernid wrth ei ochr, a gwn pelydrau peryglus yn anelu at ei ben.

'Rhaid i chi ildio!' meddai'r arweinydd gwyrdd. **'Ildiwch, neu Capten Ca-ca cael cawod.'**

'Cael cawod?' meddai Siôn. 'Ife dyma'r adeg iawn i feddwl am folchi a sychu?'

'"Cael niwed" mae e'n feddwl, dwi'n credu,' hisiodd Capten Cadernid.

Doedd ganddyn fawr o ddewis mewn gwirionedd. Cododd Siôn ei freichiau uwch ei ben. Wrth i Ffion wneud yr un fath, llithrodd ei ffrisbi o'i belt. Syllodd Siôn yn syn. Beth oedd hi'n ei wneud?

HAC!
SWWW

WSH!

Ymhen nano-eiliad, roedd Capten Cadernid wedi torri'n rhydd ac roedd dau o'i warchodwyr yn gorwedd ar lawr. Gwnaeth symudiad tin dros ben i lawr y ramp a glanio o flaen y Dewrion.

'Ddim yn ffôl, wir!' meddai. 'Nawr 'te, sut rai yw'r ffyliaid gwyrdd 'ma go iawn? Beth yw'ch cryfderau *chi*?'

'Ym, mae fy nghlustiau'n synhwyro perygl,' meddai Siôn.

'A fi yw Ffion Ffrisbi,' meddai honno.

'A dwi'n gwybod lot o bethau,' meddai Bari.

'Hm, wel, falle nad dyna beth oedd gen i mewn golwg,' meddai Capten Cadernid. 'Ond dwi'n siŵr gallwn ni wneud rhyw . . . Hei! Ble aethon nhw?'

Roedd y dynion o'r gofod wedi dianc i mewn i'r llong ofod a chau'r drws y tu ôl iddyn nhw. Hymiodd y cerbyd a saethu i'r awyr.

‘HA! Y llwfrgwn! – MAEN NHW’N FFOI!’ gwawdiodd Bari. Cododd y llong ofod yn uwch a throi dros y dre. Dechreuodd clustiau Siôn gosi.

‘Sa i’n credu ’ny,’ rhybuddiodd.

Roedd y llong ofod yn dod ’nôl tuag atyn nhw. Yn sydyn, dechreuodd danio bwledi i bob twll a chornel o’r maes parcio.

CABWWM!

'Ffiwff, roedd hwnna'n agos!' tagodd Siôn wrth i'r llong ofod sgrechian uwch eu pennau. Arafodd, troi a pharatoi i ymosod eto. Edrychodd Siôn o'i gwmpas. Doedd dim unman iddyn nhw guddio yn y maes parcio agored.

'Reit, dyma'r cynllun, blantos,' meddai Capten Cadernid. 'Does dim ildio!'

'Iawn, ond byddai cynllun ymarferol yn well,' mentrodd Ffion.

Meddyliodd Siôn yn gyflym. Beth tasen nhw'n gallu creu maes grym magnetig neu rywbeth tebyg? Falle byddai hynny'n gweithio. Tynnodd y pecyn gwm swigod bionig o'i boced. Un cyfle fyddai ganddyn nhw. Rhwygodd y papur a stwffio'r gwm i'w geg, gan gnoi'n galed ac yn benderfynol.

'Maen nhw'n dod 'nôl!' rhybuddiodd Ffion. **'GWNA RYWBETH!'**

'Cydia yn fy mreichiau,' meddai Siôn.

'Beth?'

'GWNA FE NAWR!'

Cydiodd Ffion yn ei fraich. Chwythodd Siôn swigen o'r gwm bionig, gan wybod y byddai gofyn iddo fod yn fwystfil o fybl os oedd gobaith i hyn weithio. Cyn pen dim, roedd y swigen yr un maint â phêl-droed ac yn tyfu'n gyflym.

Hyrddiodd y llong ofod tuag atyn nhw gan geisio dinistrio'r archarwr a'r darpar archarwyr ifanc.

Taflodd Capten Cadernid ei hun i'r llawr a chau ei lygaid.

Roedd y swigen mor fawr nes bod angen i Ffion a Bari ddal Siôn rhag iddo hedfan i ffwrdd.

'AROS!' gwaeddodd Ffion. **'Mae'r swigen ar fin ...'**

POP!
SBLAT!

Ymhen ychydig, agorodd pawb eu llygaid a gweld olion y llong ofod yn mudlosgi o'u blaen.

'Mawredd!' meddai Ffion.

Ysgydwodd Bari ei ben yn llawn edmygedd. 'Nawr dyna beth *yw* gwm swigod bionig!'

'Na, na, 'sdim eisiau i chi ddiolch i fi,'

meddai Capten Cadernid, oedd wedi'i gyrlio'n belen ar lawr drwy'r cyfan. Brwsiodd lwch oddi ar ei wisg a rhedeg llaw dros ei wallt i'w dwtio.

'Pwy oedd y chwincod yna, ta beth?' gofynnodd. 'Roedden nhw'n edrych fel dynion o'r gofod.'

'Dynion o'r gofod *oedden* nhw,' eglurodd Ffion. 'Trio'ch herwgipio chi roedden nhw, mae'n debyg.'

'Wel, dwi'n ddigon hapus i roi llofnod i bobl,' meddai Capten Cadernid, 'ond mae ambell un yn cymryd mantais.'

Roedd golwg wedi drysu ar Bari. 'Ond pam fy herwgipio *i*?' gofynnodd. 'Dwi ddim yn enwog o gwbl.'

'Roedd cael Bari arall yn handi iddyn nhw, mae'n siŵr,' atebodd Siôn. 'Roedd yn golygu bod un ohonyn nhw yn ein mysg ni. Fe ddechreuon ni amau fod problem pan hedfanaist ti dros y pwll nofio.'

'Hedfan?' gwichiodd Bari.

'Wel, hedfanodd y Bari ffug,' meddai Ffion. 'Denu'r Capten oedd ei dasg e, yn amlwg.'

'Dyna pam roedd e'n mynd am y mannau uchaf drwy'r amser,' meddai Siôn. 'Roedd e'n aros i Capten Cadernid ei achub!'

Edrychodd yr archarwr o'i gwmpas. 'Sôn am y Bari arall,' meddai. 'I ble'r aeth e?'

Doedd dim golwg o'r creadur gwyrdd. Fwy na thebyg ei fod wedi dianc yn ystod y gyflafan, ac yn rhywle yn y dre, roedd Bari ffug yn disgwyl i'w long ofod ddod i'w nôl e.

'Wel, mi chwalon ni eu cynllun dieflig nhw,' meddai Capten Cadernid. Rhoddodd hwp i Siôn ar ei gefn a tharo'r anadl o'i ysgyfaint.

'Diolch am eich help, gyfeillion,' meddai. 'A phwy a ŵyr? Falle byddwch chi mor enwog â fi ryw ddydd.'

Ochneidiodd Siôn. 'Dwi'n amau hynny,' meddai. 'Ro'n ni i fod i sefyll ein HARWYR heddiw. Mae'n siŵr y cawn ni'n diarddel o'r ysgol am eu colli nhw.'

Rhythodd Bari arnyn nhw. 'O ddifri? Ces i fy herwgipio gan ddynion o'r gofod. Allan nhw ddim â fy niarddel am hynny!'

‘Ond pwy fydd yn credu’n stori ni?’ holodd Ffion. ‘Welodd neb arall mo’r llong ofod.’

‘Ar wahân i fi,’ meddai Capten Cadernid. ‘Ble mae’r ysgol ’ma, bois?’

Pennod 8

Tanio

Shifflodd Miss Marblen bentwr o bapurau arholiad, edrych ar y cloc yn y neuadd ac ysgwyd ei phen yn drist.

Yr eiliad honno, chwipiodd y drws ar agor, a rhuthrodd Siôn a'i ffrindiau i mewn a'u gwynt yn eu dwrn.

Gwgodd Miss Marblen a phlygu ei breichiau. 'Mae'n rhy hwyr,' meddai.

'Ond nid ni sy ar fai . . .' dechreuodd Ffion egluro.

'Does neb byth ar fai, Ffion, ond mae'r rheolau'n glir,' meddai'r brifathrawes. 'All neb aros yn Ysgol y Nerthol heb lwyddo yn eu Harwyr. Rhaid dweud 'mod i'n disgwyl gwell ganddoch chi.'

'Ond Miss Marblen, roedd rhaid i ni ddod o hyd i Bari,' eglurodd Siôn. 'Cafodd ei herwgipio gan ddynion o'r gofod oedd yn ceisio cipio Capten Cadernid hefyd . . .'

'Ac fe ymosodon nhw arnon ni yn eu llong ofod, ond chwythodd Siôn swigen â'r gwm bionig ac aeth y llong ofod

EEEEEEEEEEAW-CRASH!

a ffrwydro – y llong ofod, nid y swigen.' Roedd Bari'n parablu heb gymryd anadl.

Rholiodd Miss Marblen ei llygaid. ‘Ac rydych chi’n disgwyl i fi gredu hynny?’ holodd.

‘Mae’n wir bob gair,’ meddai llais dwfn y tu ôl iddi. Trodd Miss Marblen ar ei hunion.

‘CAPTEN CADERNiD!’

gwichiodd, a rhoi llaw dros ei chalon.

'At eich gwasanaeth, Miss,' meddai'r archarwr, a'i saliwtio. 'Dwi wedi bod yn clywed am y gwaith gwych ry'ch chi'n ei wneud yn yr ysgol arbennig hon.'

Cochodd Miss Marblen. 'Wel, ry'n ni'n gwneud ein gorau, Gapten,' meddai.

'Tase'r plant dewr yma heb fy helpu, fydden i ddim yma nawr,' eglurodd Capten Cadernid. 'Gallen i fod hanner ffordd i'r Blaned Boncyrs.'

Gwrandawodd Siôn a'r lleill wrth i Capten Cadernid adrodd y stori gyfan, er mai fe oedd y seren yn ei fersiwn e, yn dymchwel y llong ofod ac ymladd y dynion o'r gofod ar ei ben ei hun. Ond y peth pwysig oedd fod Miss Marblen yn ei gredu. Roedd Siôn yn siŵr y byddai hi wedi credu unrhyw beth y dywedai'r Capten wrthi.

'Wel, rhaid i mi ddweud nad oes neb wedi defnyddio'r esgus hwnnw o'r blaen,' meddai hi o'r diwedd. 'Ond gan fod Bari mewn perygl a chithau'n helpu un o'n prif archarwyr . . .' (gwenodd ar Capten Cadernid) ' . . . fe gewch eich esgusodi'r tro hwn.'

'Diolch!' Cofleidiodd Ffion y brifathrawes yn hapus. Cyfarthodd Pwdin i'w hatgoffa o'i ran e yn yr antur.

'Ond,' aeth Miss Marblen yn ei blaen, 'bydd rhaid i chi sefyll yr arholiad fel pawb arall. Dwi'n awgrymu eich bod yn eistedd ar eich union i mi roi'r papurau prawf i chi.'

'Ddim i fi, diolch!' chwarddodd Capten Cadernid. 'Pob hwyl, blantos, a daliwch ati!'

Ysgydwodd law â phawb a chusanu llaw Miss Marblen. (Bu bron iddi lewygu yn y fan a'r lle.)

Yna hedfanodd i ffwrdd, gan anghofio mai'r peth call yw agor y ffenest yn gyntaf.

Eisteddodd Siôn, Ffion a Bari yn y rhes flaen, a gosododd Miss Marblen y papurau arholiad ar eu desgiau. Crafodd Siôn ei glust yn ôl ei arfer. Ar ôl antur y diwrnod, doedd dim gymaint o ofn yr arholiad arno. Ond roedd eu dyfodol yn Ysgol y Nerthol yn ddibynnol ar yr awr nesa a'r atebion cywir. Edrychodd Miss Marblen ar y cloc.

'Cewch chi ddarllen y papur a dechrau!' meddai.

ARWYR LEFEL UN

Atebwch drwy roi tic mewn un bocs.

1. Dyletswydd archarwr yw …

    a) achub ei groen ei hun

    b) achub ar bob cyfle i fwyta hufen iâ

    c) achub y byd

2. Gallai un o'r rhain fod yn droseddwr – ond pa un?

a) b) c)

ARWYR LEFEL UN

3. Pa un o'r isod sy DDIM ar restr yr archdroseddwyr mwyaf peryglus erioed?

a) Y Gelyn Gwyrdd

b) Dr Bygythiol

c) Cysgod-ddyn

ch) Dyn y Lolipop

a)

b)

c)

ch)

Gorffennodd Siôn y papur bum munud cyn i'r awr ddod i ben, ac ailddarllen ei atebion. A dweud y gwir, doedd yr arholiad ddim cynddrwg ag yr oedd e wedi'i ddisgwyl. Hefyd, synnwyr cyffredin oedd rhai o'r atebion (er y byddai hynny'n rhwystr i rai fel Tanc).

Casglodd Miss Marblen eu papurau a'u gosod ar ben y pentwr ar ei desg.

'Ardderchog,' meddai. 'Dyna chi wedi gwneud yr arholiad ysgrifenedig. Dim ond yr un ymarferol sy ar ôl.'

Suddodd calon Siôn. Roedd wedi anghofio'n lân am yr arholiad ymarferol – ac roedd hedfan yn siŵr o fod yn rhan ohono.

Dim ond Bari oedd wedi llwyddo i hedfan yng ngwers Mr Brân, ond gan mai'r Bari ffug oedd hwnnw, doedd hynny ddim yn cyfri. Pa obaith oedd ganddynt o godi modfedd o'r llawr?

Aeth Miss Marblen â nhw i'r llwyfan a thynnu stopwatsh o'i phoced.

'Mae'n syml iawn,' meddai. 'Hoffwn i chi aros yn yr awyr am ddeg eiliad. Neidio, arnofio, hedfan – does dim ots, ond cadwch eich traed oddi ar y llawr. Bydda i'n eich amseru chi.'

Methiant fyddai'r prawf hwn. Doedd Siôn ddim wedi hedfan yn ei fyw, a doedd e ddim yn debygol o ddechrau nawr.

'Sut aeth hi gyda'r lleill?' holodd Ffion.

Ochneidiodd Miss Marblen. 'Doedd e ddim yn llwyddiant ysgubol,' meddai. 'Ond dyna ni, thorrodd neb asgwrn.'

Ochneidiodd Bari hefyd. 'Mae'n amhosib,' mwmialodd.

'Meddyliwch,' anogodd Ffion nhw. 'Deg eiliad yw e – rhaid bod ffordd o'i wneud e.'

'Oes, os mai ti yw Capten Cadernid,' meddai Bari.

'Cewch chi funud i baratoi,' meddai Miss Marblen. 'Pwy sy am fynd yn gyntaf?'

Ceisiodd Siôn gofio cyngor Mr Brân. *Llaciwch eich gafael – dychmygwch eich bod mor ysgafn â phluen.*

Ond fuodd hynny'n fawr o help pan syrthiodd oddi ar y bwrdd plymio. A fu'r swigen fionig yn y maes parcio'n fawr gwell – ie, erbyn meddwl, efallai mai'r gwm oedd eu hunig obaith.

'Y gwm swigod bionig. Mae gen i un darn ar ôl,' meddai, a'i ddangos i'r lleill.

'Ond mae tri ohonon ni,' meddai Bari.

'Tria di, Siôn,' meddai Ffion. 'O leia gall un ohonon ni lwyddo.'

'O, na!' meddai Siôn 'Ni yw'r Dewrion – mewn undod mae nerth. Pan fydda i'n nodio, cydiwch ynof i a dal eich anadl. Rhaid i ni fod mor ysgafn â phosib.'

Rhoddodd y gwm swigod yn ei geg a dechrau cnoi.

'Barod?' holodd Miss Marblen.

Nodiodd Siôn a chwythu swigen fawr, las. O fewn eiliadau, roedd wedi tyfu mor fawr nes bod Miss Marblen yn gorfod symud o'r ffordd.

Daliodd Siôn i chwythu nes bod ei draed yn dechrau codi oddi ar y llawr. Chwifiodd at Ffion a Bari, a chydiodd y ddau am ei ganol.

"Sdim gobaith 'da ni,' cwynodd Bari. **'Ry'n ni'n rhy drwm o lawer!'**

'Tynnwch eich belt a'ch bwts!' gwaeddodd Ffion.

Daliai'r swigen i dyfu a thyfu, yn crynu fel sglefren fôr anferth, las. O'r diwedd, teimlodd y tri eu traed yn codi o'r llawr.

'Mae'n gweithio!' meddai Ffion yn gyffrous.

I fyny â nhw tua'r nenfwd, a Bari a Ffion yn gafael yn dynn am ganol Siôn.

Odanyn nhw, roedd Miss Marblen yn cyfri'r eiliadau.

'Saith, wyth, naw ... DEG! Dyna ni, DEG eiliad – ry'ch chi wedi llwyddo!' galwodd. 'Cewch ddod i lawr nawr!'

Ond erbyn hyn, roedd y gwm wedi glynu

at y nenfwd fel, wel, fel gwm.

'Gwych! Fe lwyddon ni!' meddai Ffion. 'Reit, sut awn ni lawr?'

Doedd Siôn ddim wedi meddwl am hynny. Canolbwyntio ar esgyn wnaeth e – a mater arall oedd disgyn. 'Aros,' meddai Bari, 'Hwyr neu hwyrach, bydd y gwm swigod yma'n siŵr o . . .'

POP!
AAAAAAAA!!!